THE ENY
EM COSMIC TROPIC CITY

# THE ENY

## EM COSMIC TROPIC CITY

RODRIGO MOREIRA ALVES

# THE ENY
## EM COSMIC TROPIC CITY

EDITORA
Labrador

***Coordenação editorial***
Pamela Oliveira

***Projeto gráfico, diagramação e capa***
Felipe Rosa

***Assistência editorial***
Gabriela Castro

***Preparação de texto***
Andréa Bruno

***Revisão***
Leonardo Dantas do Carmo

***Ilustração***
Henrique Vieira @hvieira_arts

Dados Internacionais de Catalogação na Publicação (CIP)
Angélica Ilacqua – CRB-8/7057

Alves, Rodrigo Moreira
The Eny em Cosmic Tropic City / Rodrigo Moreira Alves ; ilustrado por Henrique Vieira. – São Paulo : Labrador, 2020.
120 p.

ISBN 978-65-5625-041-0

1. Ficção brasileira 2. Ficção científica 3. Heroínas - Ficção I. Título II. Vieira, Henrique

20-2313 CDD B869.3

Índice para catálogo sistemático:
1. Ficção brasileira

EDITORA
Labrador

**Editora Labrador**
Diretor editorial: Daniel Pinsky
Rua Dr. José Elias, 520 – Alto da Lapa
05083-030 – São Paulo – SP
+55 (11) 3641-7446
contato@editoralabrador.com.br
www.editoralabrador.com.br
facebook.com/editoralabrador
instagram.com/editoralabrador

*A evolução sempre fez parte do mecanismo humano. E os mecanismos que a vida nos ensina a colocar limites são a disciplina que torna a vida mais viável.*

# PARTE 1

Eu não sabia o que estava por vir. Se ao menos uma fração do que venho planejando se realizasse, eu não precisaria aprender aos poucos tudo que tenho vontade de aprender.

As três matérias que mais me preocupavam caíram na prova, e eu não sabia nem a metade da metade dos exercícios que havia nela! Agora tenho que refazer tudo como lição de casa, para que o que estava por vir não atrapalhasse os meus estudos. E se eu me dedicasse um pouco mais até a próxima prova? Com certeza estaria um pouco mais preparado. Mas eu precisaria de algum material para estudar! E se eu fosse até a secretaria perguntar se havia algum livro para mim? Sim, isso seria o ideal... Foi então que, quando eu menos esperava, a coordenadora da escola veio me avisar que meu pai queria falar comigo.

Aspirei rápido o ar, mas o sabor que senti foi amargo, e não doce igual açúcar. Eu tinha que manter uma boa postura na frente do meu pai, estava sendo observado. E se, como quem já soubesse o que estava acontecendo, ele quisesse saber dos meus estudos? Ele não falou muito, só deixou alguns *dimes* para mim e foi embora. Sou um aprendiz na escola, e tudo o que eu aprender fará que passe o dia aprendendo cada vez mais.

Estava preocupado e, sem olhar para os lados, voltei caminhando pelo corredor da escola. A coordenadora estava parada na porta da sala de aula e me entregou o livro que eu havia pedido. Então, com aquele uniforme escolar azul, entrei na sala.

Meu tempo escolar passou rápido. O que aprendi na escola me ensinou aquilo de que eu mais precisava: ter força de vontade. Eu queria saber o porquê de tudo. Por que eu morava com o meu pai, por que eu tinha que ajudá-lo em tudo? Por que eu queria ter um bom emprego? Mas agora meu pai está doente e terei de tomar conta dele quando ele estiver sem força para trabalhar.

Meu primeiro emprego não durou muito, pois, numa maratona diária, eu tinha que dar conta do serviço e cuidar do meu pai, que estava cada vez mais debilitado. Em pouco tempo, nesse início de minha juventude, meus dias passaram a ser todos dedicados a ele.

Certa manhã ouvi meu pai, Sailor, me chamar:

— Erry, Erry.

Assustado, saí correndo. Ele estava delirando, e eu, sem saber o que fazer, lhe perguntei:

— Você quer que eu faça alguma coisa?

Ele me puxou pelo braço, apertou a minha mão e disse:

— Filho, se você quer que tudo dê certo, vai ter que continuar, porque eu não tenho mais forças. Agora eu vivo deitado nesta cama e, quando consigo, levanto para trabalhar. Mas um dia tudo isso acabará, e você verá nossa história revelar os nossos momentos. E você vai ter que cumprir mais um dia de trabalho! Então eu peço a você, Erry, que nunca perca a força de vontade. Você sabe da minha situação melhor do que todos. Porque eu sou o seu pai, o pai que criou você, o pai que o acompanhou. E você é o meu filho. A vida só ensina o que você quer aprender.

Foi então que segurei a mão dele e disse:

— Eu sou um rapaz de costumes, e sou modesto com a educação que você me deu. Tenho planos. Tudo o que eu faço, faço pensando em você. Por tudo que você é para mim.

— Eu não tenho mais saúde e, quanto mais resisto, mais minha força se esvai. E você ao meu lado me ajuda a continuar. Só me falta saber qual é o problema de saúde que tenho.

Amanhã talvez você não possa segurar minha mão.

Na situação em que meu pai estava, o dia seria longo. Saí para respirar e fiquei um pouco na calçada.

O dia passou e, com a tarde quase indo embora, escutei meu pai me chamar de novo:

— Erry, Erry.

Corri até ele, que estava caído no chão com a mão no pescoço e muito suado. Sem perder tempo, peguei meu pai pelo braço e o ajudei a se deitar na cama.

— Pai, o que aconteceu?

— Filho, me ajuda, estou passando mal!

— O que você tem?

— Estou com febre, bastante febre!

Então peguei seu remédio, e com um pouco de água ele engoliu o comprimido e foi se acalmando. Meio sonolento, finalmente descansou um pouco.

Já à noite, o único remédio que eu tinha estava no fim. Precisava levar meu pai ao hospital. Por telefone, consegui chamar uma ambulância, e, enquanto ela não chegava, meu pai falava:

— Erry, Erry, fica aqui, fica aqui comigo.

Eu teria que ser dois ao explicar para os enfermeiros na ambulância tudo que acontecera naquele dia. E o que poderia falar para o meu pai que pudesse servir a ele de proteção? Porque, no momento, só havia eu por perto e as pessoas que andavam na calçada lá fora.

* * *

Quando a ambulância chegou, levei os enfermeiros até ele. E, carregado pelo braço, ele foi colocado no veículo. Permaneci ao seu lado até chegarmos ao hospital. Lá, ele foi colocado em uma maca e o levaram correndo para dentro.

Eu corri e gritei:

— Pai!

Então as duas portas da entrada se fecharam. Mas eu fui rápido e consegui acompanhá-los para que meu pai não ficasse sozinho. Eu estava do lado dele em pé quando a doutora me chamou para conversar. Acompanhei a médica para saber o que ela queria. Levando-me à sua sala, ela mandou que fechasse a porta e perguntou o nome do meu pai. Respondi que era Sailor e que ele estava bastante doente.

— E o Sailor é o que seu?

— É meu pai.

— Tem mais alguém com você?

— Não, estou sozinho.

— Você sabe o que o seu pai tem?

— Não, eu não sei.

— Seu pai está visivelmente infectado pelo vírus ekanta.

Então ela continuou, dizendo que ele não tinha muito tempo de vida e que dali em diante ficaria na UTI.

Eu saí da sala da doutora e vi Sailor sendo carregado na maca com urgência. Eu corri, gritei por seu nome, mas não me deixaram entrar.

Eu parei, respirei fundo e caminhei até a recepção do hospital. Aquela não era a primeira vez que eu estava entregando os documentos do meu pai naquele lugar. Mas aquela era a primeira vez que ele ficava na UTI.

Eu o vi mais uma ou duas vezes e depois recebi a notícia de que ele havia ido embora, que havia falecido.

Para tudo tem um porquê, exceto para a morte. Mas a saudade faz agora que eu encontre um porquê em tudo. Muitas pessoas passaram pela minha vida, mas nunca vou me esquecer do meu pai.

Precisei me adaptar a esta situação, persistir em meu autoconhecimento, para que todos vissem refletido em mim o que sou, não o que havia acontecido comigo. Às vezes eu não conseguia e deixava transparecer minha tristeza. E tinha que prestar reverência ao vazio. Mas construir novas amizades nunca deixou de fazer parte da minha vida.

Aqui em Ross eu tinha Castor. Ele era quieto e não tinha muitos amigos. Castor vivia escondido. E agora, por incrível que pareça, ele estava trabalhando! Ele vivia andando de um lado para outro e às vezes conversava comigo, mas em alguns momentos parecia que estava tão atrasado que passava por mim despercebido. Ainda assim, nunca deixou de ser meu amigo.

Em Ross essa semente foi plantada. Mas eu não estava satisfeito: queria algo melhor para mim. Foi quando descobri que Castor se mudaria para Cosmic Tropic para continuar os estudos. E eu teria que continuar em Ross, pois havia arranjado outro trabalho.

Quando Castor e eu nos encontramos, paramos para conversar. Smart passou por nós e nos cumprimentou. Estávamos perto da casa do Castor, que quis saber se eu queria ir com ele para Cosmic Tropic.

— Você deveria fazer o mesmo, Erry. Vamos para Cosmic Tropic. Lá você pode conseguir outro emprego e continuar estudando.

— Você tem muita sorte, Castor. E fico feliz em saber que é dedicado aos estudos. Eu já não tive a mesma sorte... Acabei de conseguir um emprego novo e não tenho dinheiro guardado.

— Não se preocupe, Erry. Daqui a alguns dias eu termino meus estudos aqui em Ross e vou para Cosmic Tropic. De lá preparo tudo para quando você ir também.

— Vai demorar para eu conseguir fazer isso, Castor. Tenho que guardar dinheiro.

— Meus pais gostam de mim, mas eles não vão ficar me dando dinheiro para sempre! E eu teria que conseguir um emprego também. Sempre morei com os meus pais, e foram eles que pagaram os meus estudos aqui em Ross. A única maneira de retribuir foi me dedicar. O que consegui em troca consegui assim.

Então Castor foi para Cosmic Tropic e eu fiquei em Ross. O tempo passou, e eu continuava querendo me juntar a ele. Ser inteligente era mais importante do que conseguir um emprego novo. Mas ainda ia demorar um pouco para que eu pudesse ir para Cosmic Tropic. Eu estava conseguindo guardar alguns *dimes* e logo poderia me mudar.

Depois que Castor foi estudar em Cosmic Tropic, Smart se tornou meu amigo mais próximo, mas, quando descobriu que eu estava de passagem comprada para Cosmic Tropic, não pôde se conter e quis saber dos meus planos.

— E por que isso vai ser bom para você, Erry?

— Em Cosmic Tropic, eu posso aprender um pouco mais e fazer novos planos! E lá eu darei mais valor a eles! Eu consegui guardar alguns *dimes* e agora vou para Cosmic Tropic.

O tempo passou, e finalmente me mudei para Cosmic Tropic. Lá me encontrei com Castor e consegui um quarto para ficar. Em pouco tempo, arranjei um emprego em uma livraria e corri para contar para Castor, mas ele estava ocupado e não tinha muito tempo para falar comigo.

— O que você quer, Erry? Estou estudando!

— Castor, eu consegui um emprego, o que acha?

— Bom, Erry, mas você precisa estudar!

— E agora eu vou guardar dinheiro para comprar uma escrivaninha.

— Você precisa guardar dinheiro, Erry! Estamos em Cosmic Tropic! Que tal irmos tomar um copo de leite matinal por minha conta?

Castor largou tudo o que estava fazendo e saímos para tomar leite matinal na lanchonete. Chegamos e cada um tomou um copo.

— Erry, eu tenho que voltar para continuar estudando.

Saímos da lanchonete e voltamos rápido. Castor saiu em direção ao apartamento onde estava morando e eu voltei para meu quarto, feliz por tudo o que estava acontecendo.

No dia seguinte, nos encontramos novamente.

— Estou preocupado, Erry! Meus pais estão cobrando de mim mais atenção nos estudos! Eles ameaçaram não me dar mais dinheiro!

Mas, para Castor, isso nunca havia sido um problema.

* * *

Naquela região, muitos já me conheciam. O garçom Juliano foi a primeira pessoa que conheci em Cosmic Tropic, depois dos amigos de Castor. Estávamos conversando sobre a polêmica de Biológice, que tomava os noticiários da tevê e às vezes me chamava a atenção.

— Qualquer dia desses, essa polêmica de Biológice vai afastar o presidente do cargo! — eu disse.

— Ele não é mau exemplo... Se fosse, já tinham tirado ele! — respondeu o Juliano.

— Mas a pressão contra ele está sendo maior que seu domínio público.

Uma buzina de carro na rua me despertou e eu me lembrei de que tinha que voltar rapidamente para a livraria.

Quando cheguei, fui arrumando os livros nas prateleiras um a um. Algumas caixas de livros que estavam em cima da mesa tinham que ser abertas para que os livros fossem repostos, cada um em seu devido lugar. De repente, um deles me chamou a atenção. Parei para olhar e logo em seguida o coloquei no lugar.

Martim, o dono da livraria, me chamou e disse:

— Arrume tudo antes de ir embora!

Com a caixa de livros nas mãos, olhando para trás, parei para ouvir o que ele estava falando.

— Sim, Martim, sim. Antes de ir embora, eu termino de arrumar. Nem que eu tenha que ficar até mais tarde.

— Então você vai ficar sozinho. Porque, quando der a hora, eu vou embora!

— O que não der pra fazer hoje, amanhã eu faço.

Para ajudar Martim na livraria, eu tinha que ser rápido e atencioso. Ele sempre me mandava pegar os livros para ele, mas, quando as pessoas entravam para procurar livros, o nome mencionado era o dele.

* * *

Na livraria de Martim sempre tinha gente à procura de algum livro ou alguma enciclopédia. Havia algumas peças de pedras e eifas de prata nos quatro cantos daquele espaço. E ao alcance de todos que estivessem interessados! Uma das peças que me chamava a atenção era uma cunha de ouro para catalão nenhum botar defeito. Peças de vidro eram as favoritas de Martim. Ele gostava muito delas. E, sempre que eu me aproximava, ele fazia questão de correr para me chamar a atenção, dizendo para eu tomar cuidado, que estava de olho em mim.

Isso fazia com que eu agisse com mais atenção na livraria. O trabalho só funciona quando se está sendo observado. E Martim estava sempre por perto.

Foi quando ele disse:

— Erry, tá na hora! Deixe tudo aí! Amanhã você termina.

Eu larguei o que estava fazendo e saí. Três ou quatro pessoas estavam caminhando na calçada; rapidamente cheguei ao quarteirão do apartamento de Castor e parei quando o vi descendo pela escada que dava para a entrada do prédio. Estava incomodado e impaciente.

— Oi, Castor.

— Aonde você está indo?

— Não estou indo, estou voltando! Saí do serviço agora.

— Que tal irmos tomar um copo de leite matinal?

— Não é uma má ideia.

E saímos em direção a uma lanchonete ali perto. Eu estava faminto e não fiz questão de economizar ao devorar um lanche. Castor olhou para mim e disse:

— Coma, você parece faminto.

Eu peguei o copo de leite matinal e bebi tudo. Tinha mais gente na lanchonete e fiquei observando o movimento. Foi o tempo que Castor precisava para terminar o seu lanche e tomar o seu copo de leite matinal.

— Eu estou feliz. E você, Castor? — perguntei.

Castor respirou fundo e disse:

— Eu terminei o ensino superior, mas ainda não parei de estudar. Passei o dia todo lendo e escrevendo. É a única coisa que eu faço desde que terminei os estudos. E, para eu conseguir entrar em outro curso, terei que estudar mais.

— Então, Castor, vamos embora? Temos que descansar.

— Mas já?

— Sim, Castor. Vamos embora...

Já estava noite quando saímos da lanchonete. Eu estava cansado por ter passado o dia trabalhando. E Castor estava cansado de tanto estudar.

* * *

Esse foi mais um dia entre outros que viriam. Eu não tinha ideia de quanto tempo mais continuaria naquele quarto de Cosmic Tropic. Mas eu buscava, sim, um lugar melhor.

Logo cedo, no dia seguinte, eu já estava de pé pronto para ir trabalhar. Saí caminhando e em passos rápidos cheguei à livraria de Martim.

Ali no meio dos montes de livros continuei tirando a poeira e arrumando as prateleiras. Um livro por vez, em ordem alfabética. Foi quando ouvi Martim me chamar:

— Erry, Erry.

— Sim, Martim.

— Você viu o noticiário na tevê?

— Não, Martim, não vi. Eu quase não vejo tevê nem escuto rádio.

— Estão querendo tirar o Biológice da presidência! Está em todos os jornais! Veja o que a manchete diz! "A liberdade é a preocupação de obter uma posição social!" E Biológice levou todos a uma situação má remunerada.

Eu olhei para Martim e disse:

— E o que isso quer dizer?

— Quer dizer que ele foi negligente. E não está havendo progresso. Entendeu? Agora, volte ao serviço.

E lá estava eu, arrumando os livros na prateleira. Havia mais umas duas caixas para eu terminar, então parei um pouco para pensar no que estava acontecendo. Martim me puxou pelo braço e disse:

— Por que você não está trabalhando?

— Eu estou trabalhando. Só parei para respirar um pouco.

— Não se esqueça do serviço!

Terminei de arrumar os livros e saí para falar com Martim.

— Martim, volto já. Vou aproveitar que terminei para ir comer um lanche.

E saí na direção da lanchonete do Juliano. Quando cheguei, havia uma movimentação de carros na avenida em frente como eu nunca tinha visto antes. Estava parando o trânsito.

Eu fui rápido para dentro da lanchonete e pedi um copo de leite matinal.

Na tevê, estava tendo um debate sobre o presidente Biológice.

— A imposição de uma postura social, suas características e seu desempenho entre todos não são sempre os mesmos! O comportamento muda, e muitas vezes ele é usado para conseguirmos o nosso lugar na sociedade. Às margens dessa liberdade reprimida, a preocupação em se posicionar diante do desempenho no meio público impede que quem estiver com o seu nome em debate se defenda em um grau simbólico! E, muitas vezes, o tempo disponível não é suficiente!

E ali estava eu ouvindo aquele debate na tevê. Olhei para o garçom Juliano e disse:

— Você entendeu alguma coisa?

— Eles fazem muitas coisas, por muito pouco.

Eu terminei de comer, deixei alguns *dimes* e saí rápido para não perder a hora. E, andando na calçada, quando estava quase chegando à livraria, um carro passou buzinando e foi embora.

Martim estava de pé e mais três pessoas estavam perto do balcão. Martim me chamou e disse:

— Sempre pergunte para mim o que você não souber.

Martim ainda estava me ensinando a trabalhar com os livros e eu apenas era um aprendiz.

* * *

No dia seguinte, Castor apareceu na livraria de Martim. Quando o vi, corri para atendê-lo.

— Precisa de ajuda, senhor?

— Eu preciso de um caderno.

— Só o caderno? Temos livros também.

— Agora não. Erry, meus pais me ajudaram a montar um escritório próximo ao apartamento onde estou morando. Você poderia me ajudar com a mudança mais tarde?

Martim se aproximou e não falou nada, então saiu para outra parte da livraria. Castor continuou:

— Hoje só vou precisar mesmo do caderno. Eu tenho livros que ganhei dos meus pais que ainda nem li.

Castor pagou os dez *dimes* e eu entreguei a ele o caderno embrulhado.

— Mais tarde a gente se encontra? — perguntei.

Castor saiu sem falar nada.

Eu tinha um pouco de dinheiro guardado, mas ainda não era o suficiente para ter uma boa reserva de *dimes*. E gastar os poucos que eu tinha seria um ato descontrolado contra mim mesmo! Portanto, sair durante serviço para organizar o escritório de Castor custaria a mim alguns *dimes* valiosos.

O dia passou e já estava na hora de ir embora. Ia para o apartamento de Castor quando, por ironia, vi que tinha esquecido a chave na livraria. Voltei rápido e ainda consegui encontrar Martim.

— O que está acontecendo?

— É a chave, Martim. Eu a esqueci e voltei para pegar.

— Rápido! Estou indo embora.

E, sem falar nada para Martim, peguei a chave e saí.

— Até amanhã.

Já na rua, apesar de já não ter muito tempo, uma garota parou perto de mim e perguntou onde ficava a livraria de Martim.

— Que coincidência. Eu acabei de sair de lá. Se você andar rápido, poderá encontrar Martim. Fica um pouco mais à frente, nesta mesma calçada.

Ela saiu andando rápido na direção da livraria, desviando-se de outros transeuntes.

Eu já estava atrasado, então tinha que ser rápido para que não atrapalhasse Castor.

Os pais dele foram generosos em retribuição aos seus estudos, e a vida de Castor era muito boa. Eu mesmo vivia trabalhando na livraria de Martim para que um dia a minha situação mudasse para melhor e o meu destino fosse outro. Para, um dia, ser tudo o que eu queria ser. E faria isso por mim. Para conseguir isso, eu estaria disponível para ajudar meus amigos quantas noites fossem necessárias! Eu fazia questão de não me preocupar com o tempo! Era só arrumar o material no seu devido lugar, nas repartições do seu escritório. Eu faria tudo ao dispor de Castor, já que ele me ajudou quando me mudei para Cosmic Tropic City.

E assim foi! Demorou algum tempo para eu terminar a arrumação do escritório de Castor e colocar os cadernos em ordem e os livros de sua coleção nas prateleiras. Até o último! Consegui ajudar Castor, e tudo aconteceu do jeito que ele gostava.

Deixei uma caneta que comprei na livraria de Martim na mesa de Castor, e agora ele precisava procurar por trabalho.

Enquanto isso, voltei para minhas atividades na livraria de Martim. Depois de encerrar mais um dia de serviço, encontrei-me com Castor e saímos para tomar um copo de leite matinal. Conversamos um pouco sobre as ideias de Castor em seu novo escritório.

— Eu consegui serviço, Erry. E já tenho trabalho para fazer! E você, Erry? Por que você não volta a estudar?

— A intenção é sempre essa. E para conseguir informações tem que gastar dinheiro e comprar material! Eu tenho que estudar, tenho que aprender mais para que possa evoluir nos estudos. E, pouco a pouco, eu poderei conquistar de tudo um pouco. Entre tudo e todos! E, inteligentemente, poderei conquistar a minha própria graduação. Essa pode ser uma conquista para o conhecimento de todos! E seguir esse plano não é barato!

Castor concordou e disse:

— Vamos tomar o nosso copo de leite matinal.

Eu bebi o meu copo e Castor bebeu o dele.

— O que você vai fazer, Castor? Quais são seus planos?

Castor olhou para mim e disse:

— Planos, eu? Eu não tenho planos. Isso é a evolução! A melhor oportunidade é sempre a última. E quem gosta de ficar por último? O dia de hoje é o recomeço de tudo que já foi feito.

Olhei para Castor, respirei fundo e disse:

— Eu realmente não sabia que você era assim. Vamos embora, Castor.

Então peguei alguns *dimes* e paguei meu copo de leite matinal. Castor fez o mesmo e saímos.

Alguns dias se passaram, e vez ou outra eu via Castor.

Mais um dia na livraria de Martim e mais um dia em que pessoas entravam e saíam frequentemente. Entre livros e materiais, o dia passou assim. Pessoas que queriam concluir suas atividades. Algumas saíam satisfeitas e outras paravam para conversar comigo sobre suas buscas. Livros para estudos e livros que completavam coleções.

Uma garota caminhou em minha direção e começamos a conversar. Martim olhou para mim e novamente saiu sem falar nada. A nossa conversa testou todo o meu conhecimento no serviço. Ela queria saber tudo sobre os livros que havia na livraria e não se incomodava de perguntar para Martim também. Ele sabia o nome dos livros e de seus autores, edições que passaram e que ainda não haviam chegado ao estoque da livraria.

— Como você sabe? Como você tem o conhecimento dos livros que foram publicados? — perguntei.

— É fácil! Você está vendo aquele livro que está na mesa atrás do balcão?

Fui até a mesa e, por incrível que pareça, não era o único que queria saber dele. A garota veio junto!

— É este o livro! Ele traz algumas novidades e anuncia o que você, Erry, não sabe.

— É, realmente nasci para aprender, mas a pessoa mais inteligente da cidade me passou todo o seu conhecimento. E isso, para mim, é a verdadeira didática! Por enquanto não é do meu alcance o que eu tenho para oferecer, mas alcanço o que eu tenho para aprender.

A garota olhou para mim e disse:

— Eu entendi o que você disse. Também queria ter o poder de mudar o destino, ou ter um condão mágico para conseguir tudo o que eu quero, mas tudo o que eu consegui foi uma tevê para saber a previsão do tempo!

— Você é inteligente, eu sei. Talvez eu seja o único da cidade de Cosmic Tropic que não é inteligente.

Martim caminhou até mim e avisou:

— Falta pouco tempo para fechar a livraria, e esta é a previsão do futuro.

Eu disse à garota:

— Agora eu não tenho muitos *dimes*, mas um dia eu quero ter uma reserva deles.

A garota olhou para mim e indagou:

— E o que isso tem a ver com o que Martim disse?

— Com Martim triste, eu fico sem *dimes*.

Martim olhou para mim e respondeu:

— É isso que eu quero ouvir, Erry. Me surpreenda cada vez mais e assim minha livraria nunca vai ficar sem a sua presença!

— Você não pode dar motivo para Martim se zangar! — comentou a garota.

Eu olhei para ela e falei:

— Você queria saber por que eu queria ter uma reserva de *dimes*? Então, foi isso que eu vi.

— Você viu o quê? Continue assim e Martim vai mandá-lo embora!

Eu olhei para a garota e disse:

— Essa foi a previsão do futuro que eu fiz.

— Previsão do futuro?

— É, previsão do futuro. Sem trabalho, sem *dimes*. Por isso eu quero ter uma reserva de *dimes*, para que eu continue trabalhando e Martim continue satisfeito. Assim, sempre terei uma razão para meus atos.

Martim olhou para mim e disse:

— É isso que eu quero, é disso que eu preciso! Cabe a você, Erry, me ajudar.

— É exatamente isso, Martim. Você normaliza o meu serviço e a minha função eu mesmo faço. E depois você disponibiliza a mim firmemente os meus *dimes* para eu gastar.

— Erry, você é ganancioso — disse a garota.

— A ganância me convém, ela faz parte da minha vida e disponibiliza razão de querer ser melhor, de querer trabalhar e ser obediente, para que um dia eu tenha propósito de vida. É uma meta no meu serviço, e os valores da matemática da vida são esses. Você quis saber por que eu queria ter tantos *dimes*. Eu trabalho para que Martim tenha lucro, para que os *dimes* sejam ativos na livraria de Martim. É bom para ele, é bom para mim. Veja você mesma, garota! Qual é mesmo seu nome?

— É Dara.

— Veja! Enquanto estamos conversando, Martim atende três de uma vez só. Os livros não vão sozinhos para as mãos dessas pessoas. Martim precisa de alguém rápido para ajudá-lo!

— É, você está certo.

— Essa atenção é gananciosamente a régua de obter lucro. Faz parte de mim, não tem jeito.

A garota se despediu e saiu. Eu me aproximei de Martim.

— Eu estava aqui atendendo as pessoas, pensando "por que ele ainda não voltou a trabalhar?" e você estava lá fazendo de conta que nem estava me vendo. Parecia que eu era invisível. Eu pedi para você arrumar os livros, você arrumou?

Pensei rápido, mas não falei nada. Martim olhou para mim e continuou:

— Você está entendendo o que eu estou falando? Ou está prestando atenção em outra coisa?

Eu abri mão dos meus compromissos e deixei de fazer o meu serviço para conversar com aquela garota. E tudo isso passou mais rápido que o meu pensamento. Isso não aconteceria com outra pessoa, a não ser comigo.

Voltei minha atenção para o que Martim dizia:

— Tenho a impressão de que você não está entendendo o que estou falando. Eu não posso deixar a livraria em suas mãos, Erry! Pensa bem! Você está entendendo ou eu estou perdendo a minha posição aqui dentro da livraria? Você hoje atingiu o limite! Se você continuar assim, eu vou mandá-lo embora!

Como a água que alivia a minha sede, tomei um gigante fôlego. E, antes que fosse tarde, terminei o que estava fazendo. Eu precisava de um copo de leite matinal. Quando finalmente o dia acabou, segui o caminho para a lanchonete. A noite era o meu descanso.

* * *

Mais um dia amanheceu. Pacatos andavam em seus carros, e nas calçadas pedestres caminhavam. E todos os noticiários da tevê, jornais e revistas anunciavam o escândalo do Biológice, e o vírus ekanta, que continuava espalhado por toda Ross e Cosmic Tropic.

— Não posso acreditar, perdi a hora!

Vesti a roupa correndo e fui para a livraria.

Parecia que todo mundo tinha perdido a hora, e a buzina de um carro me assustou. Quando cheguei, expliquei a Martim o que aconteceu:

— Martim, perdi a hora!

— Então vai trabalhar.

Nas ruas, um protesto contra Biológice estava sendo armado; nos debates da tevê, ele se defendia; e na livraria de Martim, continuei tirando o pó dos livros.

— Cuidado com os livros, Erry! Eles não fizeram nada para você. Você sabia que eu escrevi um livro? Isso pode ser genético. Se o conteúdo desse livro foi passado por meio de minhas palavras a outra pessoa, o conteúdo será herdado! Mas se a pessoa não souber bem como passar o conteúdo através das palavras, seria um mau resumo do livro! E ela não entenderia o conteúdo do livro! Gostou, Erry? Você precisa entender um pouco mais sobre os livros.

* * *

Em costumes religiosos ou matemáticos, todo conhecimento é pouco! E hoje para mim o dia foi muito proveitoso! Parecia ter conquistado uma parte de uma boa vitória, e a outra que quase me convenceu em estar perto do Senhor. Em um dia desses, ao sair da livraria de Martim, em uma praça próxima do prédio em que Castor morava, um grupo de pessoas reunidas confirmou presença em minha vida. Uma delas não se incomodou em me convidar para fazer parte do grupo que estava ali pela palavra do Senhor. Nas palavras daquela pessoa, eu fui bem recebido por todos que estavam ali.

A minha resposta foi "Sim, eu aceito fazer parte do grupo", e um deles dizia "Se estamos aqui hoje à noite, há um motivo. E esse motivo é sempre o maior motivo que nos convence! Esse motivo é a palavra do Senhor, e em tom altíssimo proclamarei a tua presença, Senhor, e eu repreendo passando essas sementes, Senhor, a todos que estão presentes, e pelo dia que estamos aqui hoje nos abençoe até a noite, porque amanhã é mais um dia de vitória". Eu agradeci e fui embora.

# PARTE 2

Cosmic Tropic City, ano 2050. A capacidade de criar do ser humano desenvolveu o comum e o inexplicável, alcançando altos índices tecnológicos e o avanço sofisticado de comunicação, influenciando e apoiando financiamento de conquistas no propósito da informação. A diversidade e a moderna forma de importação e exportação de produtos eletrônicos proporcionaram o acesso rápido às redes sociais on-line, obedecendo a suas leis e ofertas, com regras em compromisso com a lei acompanhando a evolução social-informatizada.

A informática e a transmissão rápida em diversas rotações em aparelhos mais compactos, de fácil manuseio, ajudaram a aumentar o consumo de produtos eletrônicos.

A indústria e o alto investimento de dinheiro atingiram a globalização, criando um novo acesso discriminado de trabalho e política. Surgiram veículos de alto nível de deslocamento, conhecidos como *outsider*: automóveis mutantes, que com o passar dos anos evoluíram em suas formas, carrões motorizados com alta capacidade de armazenar energia elétrica ou solar. Carros que possuem a capacidade de alterar formato e tamanho, aumentando ou diminuindo a quantidade de passageiros, carros que possuem uma fácil adaptação em vagas de estacionamento. Carros com velocidade controlada por computador de bordo, possuindo também o comando de voz, compactado a uma tecnologia transmissível de comando de bordo, controlada por radar. A ultrapassagem da velocidade permitida é alterada e controlada de acordo com o fluxo, em ruas e vias de acesso a principais avenidas. Vias de acesso ganharam uma nova estrutura, separando e proibindo o tráfego de motocicletas. Separando e dividindo espaço nas ruas, antes não percebidos, construções ganharam limites, calçadas ganharam mais espaço, refletindo na fachada uniforme de construções; o limite era este: uma não podia ultrapassar a outra. Pedestres ganharam uma nova proteção metálica, que foi montada entre a rua e a calçada, permitindo o trânsito livre entre veículos e pedestres, uma inteligência computadorizada e concreta, estabelecida por montadoras de carros. Uma lei disponibilizou novos postos de trabalho: bases de transmissões de computador de bordo, estabelecida e controlada pelo departamento de trânsito, ganhando novas áreas de lazer, de fácil acesso, para quem caminha a pé ou quer praticar algum tipo de exercício. A noite ganhou uma nova iluminação com semáforos luminosos, permitindo o fluxo contínuo e controlado. Controlando os impulsos e diminuindo a presença de impostores, formou-se assim uma sociedade boa, com novos lucros e uma boa posição na educação.

O uso de aparelhos de comunicação aumentou, e a questão política e social, em desempenho aprimorado, incorporou essa situação financeira, na qual o estreito caminho do justo e uma civilização operária ajudaram a construir o marco da sociedade *hype*, derrubando a era globalizada e nos conectando à era sofisticada em declínio armado, chegando até a burguesia com requinte.

Biológice perdeu o poder na presidência e o golpe o arrancou do cargo, acusando-o de negligência aos eleitores de Cosmic Tropic City. Iniciaram-se manifestações urbanas, em uma nova marcha de protestos, que deram votos unânimes na apuração das urnas, colocando Edson na presidência.

Edson era um jovem pastor evangélico que rápido ocupou o cargo de presidente de Cosmic

Tropic City. Colocou em prática o seu discurso e decretou a nova ordem: a política do ser ou não ser! E, através de um canal aberto de tevê, pronunciou:

— Jovens e senhores, senhoras e adolescentes, o que sinto por vocês neste ocasional momento de minha vida é de verdade inerente a mim mesmo e tenho total respeito à cidade de Cosmic Tropic City. O cargo que ocuparei é de extremo orgulho e satisfação de minha parte.

Após ter perdido seu cargo político, Biológice se exilou em Ross, uma cidade pequena que fica perto de Cosmic Tropic City. Biológice se recompôs e, depois de um tempo, decidiu que estava preparado para retornar a Cosmic Tropic City. O dinheiro que havia guardado foi usado para investir em uma pequena empresa. Essa empresa cresceu e se especializou em aparelhos eletrônicos. A Tropical Beats.

O que Biológice não encontrou em seu domínio político alcançou com sua empresa, por meio da realização de suas ideias que difundiram bons valores. O sonho tornou-se realidade, garantido por seus atos.

* * *

Após ter sido mandado para Cosmic Tropic City pelos pais, à procura de estudo e trabalho, Castor passou a ser mais um membro da Tropical Beats, superando-se em desempenho.

De cabeça erguida, pulsos firmes e fortes, continuou Castor, sem passar por cima de nenhum de seus companheiros de equipe, cada vez mais sedento na construção de seus protótipos eletrônicos. Castor foi recompensado com dinheiro, e nesse novo patamar, foi conquistando seu espaço em seu grupo de trabalho.

Em um ato generoso, depois de ter avaliado os novos produtos, Biológice colocou Castor como líder de sua equipe, propondo a ele novas regras e oferecendo maior lucro em troca de seus estudos.

Em uma reunião, na frente de todos, Castor divulgou o seu *merchandising*:

— Agora somos um grupo! Tudo que foi elaborado será recompensado e todos exercerão atividades no seu grupo de trabalho, em benefício da nossa empresa, a Tropical Beats. Ofereceremos aos consumidores produtos eletrônicos com garantia de fabricação, e essa atividade é o merchan, para que o erro, em harmonia, perca a força, e o avanço tecnológico da nossa empresa ganhe potência e continue evoluindo em benefício de todos em Cosmic Tropic City.

Mas o relógio não para e novas peças foram se encaixando em Cosmic Tropic City, estabelecendo novas ferramentas de trabalho.

Ross deixou para trás o patamar de cidade tardia, sentindo o efeito de sua economia provocado pelo avanço tecnológico de sua cidade vizinha.

Smart achou que seria melhor se mudar da cidade de Ross para Cosmic Tropic City, a fim de aventura e diversão, tendo como seu anfitrião Swarup, assessor de Biológice. Ironia do destino ou tristeza da vida.

Apesar de o ser humano pertencer à mais evoluída espécie animal, com alto nível de raciocínio e capacidade de fala, o mais vivo ato de Smart daria início a um grande caos.

* * *

Um vírus terrível multiplicou-se e espalhou uma epidemia sem cura, carregando vidas à morte em tempo graduado e provocando a desordem. Os habitantes de Ross e Cosmic Tropic City infectados começaram a ocupar espaços em corredores de hospitais e as vagas de leitos em quartos de alto nível.

Ordenadas por Dr. Ross, pessoas começaram a migrar, deixando para trás vestígios de morte e violência. Departamentos de polícia começaram a ter mais ocorrências que o normal. Tudo isso aconteceu num curto período de tempo, mas o templo do terror entre os moradores de Ross e Cosmic Tropic City estava armado. Eles recebiam medicamentos, mas não sabiam a cura para esse vírus mortal: o vírus ekanta.

Mas agentes de um departamento de polícia, chamado Tango Orange, recolheram provas materiais que poderiam indicar a origem do vírus ekanta. Estudantes da Universidade de Cosmic Tropic City analisaram essas provas e chegaram a uma conclusão. Através de transmissões de tevê, notificaram todos os habitantes de Cosmic Tropic City e de Ross o que poderia ser o vírus ekanta: um vírus criado em laboratório, cuja vacina já estava sendo desenvolvida, mas ainda não tinham encontrado a cura e que logo os medicamentos que estavam sendo distribuídos seriam substituídos por novos remédios no tratamento. Logo aos habitantes de Ross e Cosmic Tropic City estavam sendo fornecidos novos medicamentos. Apesar de Cosmic Tropic City estar sendo guiada pelo caminho do conhecimento, esse templo do terror não estava sendo controlado e muitos não tiveram o privilégio de serem medicados, perdendo suas vidas.

* * *

Pelo que sei, para que a lei ganhe força e continue evoluindo e trazendo progresso em todas as classes sociais, a informação deve se espalhar rápido. Por meio de estudos, Castor inventou alicerces amortecidos e, ao longo de sua carreira, desenvolveu e colocou em prática seu trabalho. Agora estava à frente do comunicador intergaláctico Klatubaradanikto, que se mostraria o grande escândalo da sua vida.

Todos de sua equipe na Tropical Beats em experimentos tecnológicos desenvolveram peças e aparelhos cada vez menores, cada vez mais surreais aos seus usuários.

Em fase criadora, Castor e sua equipe passam dias em desenvolvimento do aparelho até que Castor atinge o ápice de seu melhor protótipo, com dispositivo interligado a redes sociais. Mas quando está insatisfeito Castor não se dá por vencido, então ele ergueu a cabeça e continuou os estudos, e com a sua equipe na Tropical Beats continuou o desenvolvimento do aparelho.

Mas logo os moradores de Ross e Cosmic Tropic City começaram a enfrentar uma crise econômica. Apesar de a gestão econômica trabalhar com rigor e ética, o *dime* não se sustentou como nova moeda. Direitos foram preservados para que não houvesse desperdício, mas a reforma política se tornou instável.

* * *

Ainda assim, onde há boas sementes há uma boa colheita, e para uma jovem de Cosmic Tropic não ia ser diferente. Jordan, uma jovem de dezenove anos, estudante de medicina, começaria essa aventura no seu primeiro ano de estudo na faculdade. Conversas entre alunos deram início a diversas teorias, e Jordan quis saber mais sobre o vírus ekanta. Dr. Ross se apresentou como professor de química e perguntou sobre o trabalho da turma:

— Olá, turma. Sou o Dr. Ross e serei seu novo professor. Quero ver a dedicação de vocês, porque o meu conhecimento se dispõe para quem é determinado. Em apenas um dia de estudo, será posto em prática todo o meu trabalho que durante anos recebeu reconhecimento. Os estudos que eu escrever neste quadro, os meus pulsos passarão a cada aluno.

Jordan, ao levantar a mão, interrompeu a aula do Dr. Ross e toda a atenção dos alunos na sala se voltou a ela. Jordan indagou:

— Professor, um dia o senhor já deixou de ser professor?

Dr. Ross desviou a atenção dos alunos para responder a Jordan e balbuciou:

— Você quer saber se um dia eu deixei de ser professor? Boa pergunta.

O professor caminhou até o lado esquerdo da sala de aula, desviou o olhar, que estava direcionado à aluna, para o resto da turma e disse:

— Turma, o que vocês acham disso? Eu me preparei durantes anos para responder o que essa aluna quer saber.

Caminhou até perto da Jordan e disse:

— Qual é o seu nome, garota?

— É Jordan, professor. Jordan.

— Jordan. Interessante a sua pergunta. Jordan, veja você. Eu estudei durante grande parte da minha vida para chegar até aqui na frente desses alunos, para conhecê-la, Jordan.

O professor esticou a mão para Jordan cumprimentá-lo e disse:

— Foi um prazer. Meu nome é Ross, e sua pergunta é se um dia eu deixei de ser professor. Sim. No dia em que deixei de ser professor para me tornar doutor.

Terminando o seu diálogo com a aluna, Dr. Ross avisou que queria falar com ela após a aula.

Terminada a aula, no momento em que a turma saía da sala, um tumulto começou no corredor. Jordan saiu para saber o que estava acontecendo, quando foi pressionada contra a parede por Dr. Ross tentando dominar seu braço. Jordan, sem saber o que estava acontecendo, deixou um livro cair no chão, empurrou o professor e tentou fugir. Rude, Dr. Ross a segurou.

— Entregue-se, Jordan, eu sou o seu professor.

— Me solta! Por que está fazendo isso?

— Você gostou do meu jeito de ensinar.

Inesperadamente dois *time looks* apareceram por trás de Jordan, a doparam e a carregaram. Dr. Ross abaixou, pegou o livro e leu em voz alta o título, "O irresoluto plano matemático triangular". O professor olhou para Jordan sendo levada pelos *time looks* e disse:

— É o andar reto em linha reta também.

Sem que ninguém soubesse, Jordan foi deixada no laboratório de Dr. Ross pelos dois *time looks*. Agora estava entregue a Castor e Swarup. E, ali, Dr. Ross começou a fazer testes com ela, ativando sua massa muscular e provocando náuseas nela, mesmo desacordada. Dr. Ross manteve Jordan sedada durante todo esse tempo, mas, quando menos esperava, ela acordou e, sem se mexer, observou o que estava acontecendo. Dr. Ross estava na sua frente, falando sozinho, preparando mais alguns sedativos.

— Logo você acordará mais ágil e forte, e não se chamará mais Jordan, e sim Eny. E tudo que você fizer será em meu benefício, e logo terei domínio de todos de Ross e Cosmic Tropic City. Agora, com Castor trabalhando para mim, tudo ficará mais fácil. De tudo que foi feito por mim, o melhor ainda está por vir. Com o vírus blue-man conectado no comunicador intergaláctico, o vírus alegria terá uma nova face. E eu, Castor e Swarup colocaremos em prática todos os nossos planos. Passo a passo, concluirei tudo e meu laboratório ficará pequeno.

Depois da epidemia do vírus ekanta, a população de Ross e Cosmic Tropic City diminuiu, e a presidência de Edson sofreu um forte abalo, colocando o *dime* em crise. Mas os planos de Dr.

Ross estavam apenas começando e suas ideias mirabolantes ganharam mais força com a ajuda de Castor. Com o comunicador que desenvolveu, todos os usuários interligados a redes sociais, sem saber, serão infectados e a privacidade de todos será invadida com o *software* Antaro; depois o vírus blue-man será ativado.

E, sem ninguém saber, Dr. Ross preparava Eny para trabalhar para ele. Sem se preocupar com o que Dr. Ross dizia, Eny tentou escapar do que prendia seus pulsos e tornozelos, mas a tentativa foi em vão, e ela foi dopada novamente.

Inesperadamente Swarup apareceu no laboratório trazendo novidades sobre o *software* que Castor estava desenvolvendo. Dr. Ross chegou perto de Swarup e quis saber as novidades. Swarup esticou a mão e entregou um documento: era sobre o *software*. Dr. Ross olhou para a mão de Swarup e disse:

— Isso não quer dizer nada! Eu quero saber sobre a finalização do *software* Antaro. Sem ele pronto, não poderemos colocar para funcionar o vírus blue-man. Sem o vírus blue-man, nosso plano não dará certo. E rapidamente descobrirão meu laboratório e, com Eny sedada, serei preso e saberão de tudo.

Swarup olhou para Eny e se afastou, sendo acompanhado por Dr. Ross até a porta. Eny, em um ataque de fúria, escapou facilmente. Porém, mais rápido do que Eny, Dr. Ross ativou uma chave que a fez receber a carga elétrica de um aparelho que havia na sala, e ela caiu sobre o leito em que estava antes. Dr. Ross prendeu-a novamente, dizendo que ela ainda não estava pronta.

Dr. Ross ansiosamente esperava por aquele momento.

Swarup, ao sair do laboratório de Dr. Ross, seguiu o seu caminho para a Tropical Beats, que ficava próxima dali. A pé, caminhando, Swarup foi surpreendido por um rapaz que queria saber onde ficava a avenida Rainha Mondelez, pois estava perdido. Swarup disse a ele:

— A cidade é grande, mas talvez eu possa ajudar.

O rapaz entregou o endereço a Swarup e comentou:

— É o convite para trabalhar na Tropical Beats.

— Tropical Beats! É fácil! É só me seguir! Estou indo para lá!

O rapaz respirou fundo e assentiu, dizendo que o seguiria até a Tropical Beats, porque tinha uma hora marcada. Swarup indicou o lugar com a mão esquerda, e continuaram a caminhada até a avenida Rainha Mondelez.

Dr. Ross continuou o tratamento com Eny para concluir o que planejara durante anos. Agora ele estava impaciente. De dentro do laboratório, via quem estava do lado de fora, mas quem estava do lado de fora não podia vê-lo. Além disso, através de câmeras, ele tinha acesso a tudo. Viu um grupo de pessoas chamando pela garota que tinha sumido. Correu para a frente de um dos monitores para saber o que se passava e logo descobriu quem eram: seus alunos. Estavam andando juntos e chamando pelo nome de Jordan! Dr. Ross correu e uma a uma conferiu se as portas estavam fechadas. Voltou para a frente dos monitores para saber qual era a situação, mas não via mais ninguém! Então foi para perto de Eny e disse:

— Seus amigos da faculdade estão lá fora, eles querem saber onde você está! Devo convidá-los a entrar como se nada tivesse acontecido?

Dr. Ross caminhou até uma escrivaninha sobre a qual havia cadernos, um bloco de papel vegetal, algumas folhas soltas, uma lapiseira e uma borracha com *design* de caneta. Dr. Ross pegou a lapiseira, ajustou o grafite e fez algumas anotações em uma das folhas soltas, quando ouviu um barulho na porta. Assustado, quis saber o que estava acontecendo quando Castor, sem fazer muito barulho, entrou e juntou-se a ele.

— Está cheio de gente lá fora perguntando por Eny. Alguém viu você entrar?

Dr. Ross quis saber se havia alguém atrás de Castor. Ao se certificar de que não havia ninguém, voltou para dentro.

— Inconveniente da sua parte, Castor. Você entrou no meu laboratório e eu nem o convidei!

— Por acaso eu posso responder o que você quer saber, Dr. Ross! Estou aqui por minha própria responsabilidade, e minha força de vontade fez com que eu chegasse até aqui. Você, Dr. Ross, sabe mais do que qualquer outro aqui em Cosmic Tropic City que o protótipo de um produto não será construído em apenas um dia e que o serviço não é feito sozinho. Eu tinha uma equipe trabalhando para mim! E agora estou aqui para falar com você. Tenho novidades!

Dr. Ross disse a Castor:

— Você está dentro do meu laboratório e nem o *software* você trouxe. Como colocarei em prática o vírus blue-man? Eu já espalhei o vírus ekanta por toda Ross e Cosmic Tropic City. E agora estou com essa garota aqui.

Dr. Ross caminhou até perto de Eny e, sem falar nada, ela começou a se contorcer e a ter náuseas! Dr. Ross a dopou, e Eny se acalmou novamente. Castor caminhou até perto de Dr. Ross e, olhando para Eny, disse:

— Era isso que eu precisava ver! Era isso que eu precisava saber, Dr. Ross!

O professor caminhou para perto dela novamente, pegou alguns medicamentos sobre uma mesa do laboratório e os colocou na boca dela, e aplicou outro através de uma injeção.

Depois, foi mais uma vez até Castor para saber das novidades:

— Quero saber sobre as novidades. Como você mesmo disse, eu não trabalho sozinho, tenho uma equipe. E você, Castor, faz parte dela. O que tem dentro dessa maleta?

— É o *software* Antaro. Para que o vírus blue-man possa ser colocado em prática e o vírus alegria não se espalhe entre os usuários.

Dr. Ross parou, pensou em tudo que estava acontecendo e disse a Castor:

— Eu não preciso desse seu invento, eu já tenho Eny! Olhe como ela cresceu, olhe como está mais forte!

Castor virou-se e saiu andando. Dr. Ross correu atrás dele e tomou a maleta que ele estava carregando na mão esquerda. Castor virou em um movimento brusco e se contorceu ao tentar tomar a maleta da mão de Dr. Ross.

— Eu passei noites em claro estudando para ficar mais perto do verdadeiro, mais perto do surreal. Eu cumpri todas as ordens e os planos de Swarup.

Sem soltar a maleta que Dr. Ross também segurava, Castor disse:

— Até aqui, as rédeas da situação estão em minhas mãos. Não desacatei suas ordens. Então me dê o dinheiro! Meus *dimes*!

Dr. Ross puxou forte a maleta e correu para o fundo do laboratório, mas voltou com um maço de notas de *dimes* e entregou a Castor, dizendo em voz alta:

— Toma isso em troca do verdadeiro templo do terror que provocarei em Cosmic Tropic City. E logo tomarei o poder de Edson em sua presidência! Castor, não saia! Eu quero ter certeza de que não há ninguém lá fora.

Castor ficou parado, enquanto Dr. Ross não voltava. Dr. Ross se aproximou de Castor, acenou com a mão e disse:

— Pode ir.

Castor, em posição ereta, respondeu a Dr. Ross:

— Todos estão atrás de você. Está em todos os noticiários de tevê.

Dr. Ross correu novamente para a frente de um monitor para saber se realmente ninguém tinha seguido os passos de Castor.

— Pode ir, mas ficarei esperando você e Swarup!

Castor, antes de sair, disse:

— Dr. Ross, o comunicador Klatubaradanikto já está nas mãos de quase todos em Ross e Cosmic Tropic City.

Dr. Ross deu um pulo entusiasmado e colocou Castor para fora do seu laboratório. Ele agora tinha tudo nas mãos.

Com o pouco tempo que tinha, precisava dar início a esse domínio tecnológico dentro do templo do terror que havia erguido em Ross e Cosmic Tropic City com o vírus ekanta. Dr. Ross manteve Eny no seu laboratório com dois ajudantes, sendo um deles Castor, um gênio da tecnologia, e o outro Swarup, o assessor de Biológice, na Tropical Beats, uma das maiores indústrias da cidade, que movimentava parte da economia de Ross e Cosmic Tropic City.

Logo o vírus alegria seria manuseado por todos sob o domínio do vírus blue-man. E isso tudo estava deixando para trás os dias de uma realidade triste do vírus ekanta. Mas os problemas que o vírus blue-man provocaria seriam ainda maiores! E o que estaria por vir era o chamado fim dos tempos.

Com o domínio tecnológico e o vírus ekanta destruindo vidas, logo os habitantes de Ross e Cosmic Tropic City estariam com os dias contados. Por muito pouco tempo, o vírus alegria predominou e Dr. Ross, Castor e Swarup conseguiram instalar o vírus blue-man através de uma base de apoio, um servidor das redes sociais dentro da região de Ross e Cosmic Tropic City.

Era o servidor de um banco de dados receptor, o *software* Antaro. Ele disponibilizava produtos que, ao serem adquiridos por meio de uma senha do *card*, o vírus blue-man prevalecia, decompondo o elemento-chave até o acesso da senha, armazenando e bloqueando todos os dados do usuário pelo Scorpion System, o transmissor que passava todos os dados para Castor e Swarup, e todo o valor roubado era transferido para contas bancárias fantasmas de Ross. Assim, o vírus blue-man conquistou fortunas para Dr. Ross, Castor e Swarup.

Castor e Swarup agora recrutavam todos que estavam sob o domínio do vírus blue-man por meio dos *time looks* espalhados por toda Ross e Cosmic Tropic City. O trabalho pesado começou a render para Dr. Ross. Seus planos estavam dando certo, mas o problema era grande, e o número de habitantes começou a diminuir e pessoas começaram a migrar para cidades vizinhas, com medo de acontecer o pior. Edson, ainda na presidência, começou a espalhar agentes de departamento de polícia Tango Orange fortemente armados. E em todas as cidades vizinhas soldados também estavam agindo!

Agora o caos estava armado em Cosmic Tropic City, e Dr. Ross pôs em prática seu jogo. Edson seguiu para Ross apoiado por policiais. Chegando lá, Edson fez um discurso de alerta em alto e bom som em praça pública. Havia muitas pessoas ali!

— Pacatos de Ross, não faltou a vocês o aviso, e nem a nós o conhecimento da informação moderna sobre o uso indiscriminado do vírus alegria! O departamento de relações humanas nos enviou um relatório com a planilha de danos à saúde mental que podem causar aos usuários do comunicador intergaláctico Klatubaradanikto! Vocês estão entendendo ou ainda resta alguma dúvida?

E ali, no meio daquela multidão que tentava solucionar o caos armado por Dr. Ross, um elemento abriu a multidão ao meio, querendo ter o domínio da palavra. Edson desviou a sua atenção para saber o que estava acontecendo. Policiais armados também tentavam ouvir o que aquele elemento queria dizer.

Muito rápido, ele se aproximou de Edson e o cerco fechou! O elemento começou a falar:

— Você, Edson, é muito corajoso de vir até aqui em Ross em frente a todos para dar início a esse discurso de alerta! Todos admiram a sua coragem!

E alguns ali começaram a falar. O elemento disse:

— É verdade, isso é característica de quem solucionou ou quer solucionar um problema!

Um assessor de Edson caminhou até perto dele e lhe entregou o relatório de um agente do gabinete do prefeito de Ross. O elemento se afastou e Edson continuou o discurso:

— Temos a impressão de estarmos manuseando um aparelho que, através de sensores e um receptor ligado a ondas de transmissão analógica ou digital de pequenas cargas elétricas, em pequenos transmissores grudados na cabeça do usuário, é capaz de aguçar a imaginação e transmitir em holograma na mente do usuário, permitindo a comunicação audiovisual por transmissores entre postes nas calçadas.

E ali no meio de todos, um homem próximo a Edson, de um partido de esquerda, antecedeu a continuação do discurso, querendo saber o porquê do caos que aquele comunicador havia provocado. E, ali entre todos, disse em voz alta:

— A impressão que temos é que o comunicador intergaláctico Klatubaradanikto é o causador do caos atual. Ele tem alguma coisa a ver com o vírus ekanta?

Edson respondeu rápido que uma coisa nada tinha a ver com a outra! E que o comunicador Klatubaradanikto, mais conhecido pelos usuários como vírus alegria, era um aparelho tecnológico, e o vírus ekanta era possivelmente um vírus criado em laboratório.

Outro que estava entre eles, na frente de Edson, quis saber se no meio do caos a crise econômica podia afetar o abastecimento de remédios.

Edson respondeu que por enquanto não, e que estavam controlando o templo do terror armado em Ross e Cosmic Tropic City. Ele já sabia que o causador de todo o caos tecnológico era o vírus blue-man e que, naquela manhã, uma polêmica causada entre moradores da região central de Cosmic Tropic City atingiu as notícias da tevê. Uma central de apoio ao usuário de redes sociais interligadas foi encontrada, e agentes do departamento de polícia Tango Orange estavam investigando o que podia ser um vírus espalhado em bases de apoio. Ele tinha o controle de dentro de uma região de base de apoio em Ross e Cosmic Tropic City, onde os usuários do vírus alegria estavam sendo recrutados. Agora, com uma equipe técnica corrigindo o caos tecnológico provocado pelo vírus blue-man, poderiam ter um controle maior de toda a situação!

Uma pequena desordem provocada por pessoas que estavam na frente de Edson deixou ele e os policiais em estado de alerta. Edson chamou a atenção de todos e o tumulto parou. Então perguntaram a Edson:

— O que é o vírus blue-man?

Edson respirou fundo, olhou para todos e respondeu:

— Estou passando para vocês provas que o departamento de polícia Tango Orange e sua equipe técnica encontraram! Então eu vou ser rápido para compartilhar a informação que tenho. O vírus blue-man é um transmissor. Ele é igual a um escorpião, se reproduz através do acesso do usuário, decompondo o elemento--chave até o acesso da senha, onde ele copia e transmite para as bases de apoio! E como o transmissor, o vírus blue-man mantém acesso a informações pessoais do usuário do vírus alegria! Quando o usuário tenta apagar o acesso que não deu certo, a base de apoio grava a informação recolhida e o vírus blue-man tem acesso até ao pensamento, onde ele decompõe a informação recolhida correspondente ao que usuário estava pensando. E ali eles começaram a recrutar os usuários do vírus alegria. Por um holograma na mente! E por ser interligado a uma rede social, também tivemos acesso a ele através da operadora de serviços a redes sociais! Garanto que uma equipe técnica já está corrigindo esse problema! E com a ajuda de psicólogos, já estamos cuidando da mente dos usuários do vírus alegria!

Agora veja você: Edson terminou o discurso de alerta e saiu sem dizer quem provocou tudo isso!

Como respirar esse ar e aceitar esse desastre tecnológico?

* * *

Dr. Ross ainda tinha Eny em suas mãos! Ela despertou em seu leito e Dr. Ross estava por perto. Em um novo ataque de fúria, ela escapou, arrebentando o que a prendia. Eny, furiosa, olhou para Dr. Ross e disse:

— Você fez o que quis comigo, durante todo esse tempo, mas agora eu consegui me libertar. Eu não sou mais a mesma, agora eu tenho força. E você não vai me usar para provocar a guerra.

— Fui eu que a preparei! Você é o que é por causa minha. Eu não vou deixar você fazer o que quer!

— Olhe tudo o que aconteceu comigo, tudo mudou, mas não mudou uma coisa. Eu. Eu ainda sou a Eny.

Furioso, Dr. Ross arremessou uma mesa de laboratório na direção de Eny, atingindo sua cabeça, e disse:

— Então saia do meu laboratório!

Eny, desacordada, caiu. E Dr. Ross aproveitou para fugir. Alguns instantes depois, Eny acordou e começou a ouvir vozes que vinham do lado de fora da sala! Eram agentes do departamento de polícia Tango Orange, procurando e chamando pelo nome de Eny.

Eny levantou rapidamente e disse:

— Eles não podem me encontrar aqui.

E não deixou que o tempo fosse mais rápido do que ela. Como se já soubesse onde estava, saiu pela porta lateral do laboratório de Dr. Ross e, em passos certos, caminhou sem olhar para trás. Foi recompensador para Eny fugir dali sem que os agentes a descobrissem. Eles impediriam que ela colocasse em prática seu plano de perseguição.

Numa rua vazia, Eny parou, olhou para ver se tinha mais alguém e se arrumou com as roupas que conseguira pegar antes da fuga do laboratório. Vestida e calçada com tudo que Dr. Ross guardara Eny estava aparentemente mais bem-arrumada. Agora, mais forte e mais ágil em seus movimentos, poderia trilhar a aventura de combater Dr. Ross.

* * *

Logo toda a cidade de Cosmic Tropic City voltou a respirar o ar de cidade exemplar. O rastro de destruição deixado para trás por Dr. Ross estava sendo exposto para que todos soubessem o que tinha acontecido. Não deixariam que o mal rastejasse, e a lei combateria tudo o que fosse contra ela. No meio desse transtorno causado por Dr. Ross, Castor e Swarup, o domínio de fazer o bem para todos estava nas mãos dessa incrível garota. E, depois de ter conseguido escapar de Dr. Ross, os planos de Eny foram além, mas Dr. Ross havia adquirido valores significantes em espécie para pôr em prática novos planos.

Em pouco tempo, a economia de Cosmic Tropic City ganhou mais força. Novos agentes do departamento de polícia Tango Orange estavam espalhados por toda Ross e Cosmic Tropic City, e o vírus blue-man não vingou, e mais uma vez as cidades estavam por cima. Apesar de terem ajudado a combater esse terrível vilão, ainda não sabiam a identidade do causador dessa sombra que ficou em Ross e Cosmic Tropic City. O momento sombrio passou e tudo que ficou fora do lugar foi reposto, sem que soubessem que foi Dr. Ross o responsável. E com a ajuda de Swarup e Castor, a hegemonia de Dr. Ross foi desfeita!

E, com um propósito, a cura! Religiosos saíram para as ruas em grande número a fim de combater o mal e tudo que estava contra Deus, para que a palavra do Senhor prevalecesse a todos aqueles que acreditavam nela.

Assim o tempo passou, e tudo estava funcionando novamente nas duas cidades. *Outsiders* voltaram a transitar nas principais avenidas, e os meios de comunicação interligados a uma rede social novamente estavam funcionando. E, com as ruas mais protegidas, Cosmic Tropic City voltou a ser uma cidade menos perigosa.

A única coisa que Dr. Ross não conseguiu foi dominar Eny, que, para o seu próprio bem, depois de ter sido capturada, decidiu fazer o bem para todos. Eny se superava cada vez mais, e nas ruas combatia *time looks* a favor da população. Enquanto uma grande parte dos habitantes de Cosmic Tropic City descansava, Eny estava de pé para combater o mal. E seus instintos não falhavam: tudo que apresentava indícios de mau exemplo, Eny combatia.

Todos de Cosmic Tropic City mais uma vez aprenderam as lições e imposições que tornavam tudo mais prático e acessível, sem que o domínio político e a lei soubessem ao menos o que era uma derrota. E não cansaram de trabalhar para pôr em dia tudo que estava ao seu alcance e ganhar uma posição social. Assim tudo aconteceu, e todos esperavam por uma melhor qualidade de vida. Foi a recompensa do trabalho de toda uma vida para Eny, que escolheu o correto: fazer o bem para todos.

E agora Eny é quem nos defenderá também.

# PARTE 3

Eu andava rápido para encontrar abrigo, um lugar em que a chuva não pudesse me alcançar. Porque não seria certo de minha parte caminhar debaixo da tempestade. E ali pelos cantos da calçada caminhei.

As rajadas de vento espalhavam a água onde eu estava, e os relâmpagos clareavam tudo, deixando visíveis as gotas de chuva. Eu caminhava de um lado para o outro contra o vento que soprava. Logo o céu fechou em nuvens e começou a chover mais forte, e eu tinha que conseguir outro lugar para ficar. A chuva continuou durante um tempo e depois diminuiu. Eu saí andando rápido. Sabia quais eram os pontos estratégicos que encontraria pela frente e a distância, mas não saberia quem ou o que entraria no meu caminho. Fui desviando das poças de água na calçada e continuei andando rápido. E agora eu não era o único que se escondia da chuva: do outro lado da rua, na outra calçada, um grupo de pessoas caminhavam contra o meu destino.

Notei que eles tinham pressa e conversavam em voz alta. Um deles desviava dos outros dois e nem ligava para o que eles diziam. Não ligava para as pausas que os outros dois faziam para discutir nem olhava para trás, para não se tornar alvo de gozação. Para minha surpresa, de repente ele parou e falou tão alto que deu para ouvir do outro lado da rua.

— Vamos, não temos muito tempo!

Então os outros começaram a andar mais rápido, e um deles, mais apressado, seguiu o primeiro, porém mais uma vez ele não quis dar atenção. E mais uma vez ele parou e disse:

— Você não entende o que eu falo, não temos tempo. Eu não vou ficar parando para dar atenção a vocês, eu não quero saber de suas chacotas, vocês andam e param. Parece perto, mas é longe.

O terceiro caminhou até o primeiro também e disse que, mesmo com o seu mau humor, ele ainda acreditava um pouco nele. Foi quando o segundo falou:

— Era o que eu estava dizendo para ele, mas ele não escuta o que eu falo, ele sabe o que é bom para ele.

O primeiro, com pressa, respondeu:

— Vamos, vamos!

Eu fiquei parado e eles se foram. Meus pés estavam cheios de água e um vaivém de carros começou. Minha pele estava fria, e minhas roupas estavam molhadas. Eu sabia que o fim de tarde estava perto e logo a noite chegaria.

Ainda estava um pouco longe, e eu queria chegar rápido à pensão do Heitor.

A chuva fina que caía parou. As nuvens cinzentas deram lugar à noite, e logo as ruas estavam iluminadas. Continuei andando na calçada, quando uma luz do poste se apagou e deixou nas sombras uma parte da rua, e logo o transformador de energia estourou. Não sei se foi pelo vento forte ou por outro motivo. Então todas as luzes da rua se apagaram, e eu não conseguia enxergar direito o que acontecia na rua. Parei no final da calçada e, um pouco antes de eu atravessar a rua, a luz de uma lanterna vinda da fachada de um prédio refletiu em meu rosto. Era uma pessoa que abriu a janela para saber se era só ela que estava sem energia. Do lugar onde eu estava dava para ver que ela morava no segundo andar do prédio. Quando me viu, meio tímida, fechou a janela. Não dava para ver direito se era homem ou mulher. Olhei para os lados e vi que podia atravessar. Quando eu estava no meio da rua, a voz de uma pessoa me obrigou a parar. Olhei para ela e voltei a caminhar. Uma garota saiu da calçada, falando:

— Ei, não atravessa, não!

E correu para perto de mim.

Ali, no meio da rua, a luz de um carro me fez arregalar os olhos, e um barulho ensurdecedor provocado pela freada na nossa frente fez meu coração quase parar. O carro, que vinha em alta velocidade, parou. Em um gesto, o motorista, assustado, acenou com as duas mãos para nós e foi embora sem falar nada.

Terminei de atravessar a rua com aquela garota, que segurou meu braço com uma das mãos. Eu, assustado pelo que tinha acontecido naquele momento, puxei meu braço e disse a ela:

— Por Deus, garota, por que você fez isso?

Rápido, ela me respondeu:

— Eu ainda estou assustada também! A luz apagou, e eu não queria ficar sozinha. Não fique bravo comigo. Eu sei onde você mora, sei até quem é o dono da casa.

No meio daquele silêncio, eu quis pôr um fim na conversa com aquela garota. Um grupo de pelo menos cinquenta pessoas se aproximou na calçada. Era hora de saída do serviço. E rápido já estavam caminhando entre mim e ela. Tinha tanta gente andando que logo eu me perdi dela e já não estávamos mais juntos.

Continuei andando na calçada. O caminhão da companhia elétrica chegou, e ligaram a energia. Dava para ver melhor com luz na rua! Eu continuei andando e fui surpreendido por Castor. Ele estava com pressa e queria que eu o acompanhasse até o seu escritório. Castor parecia estar preocupado com a falta de energia. Eu perguntei a ele:

— Por que você quer que eu o acompanhe até o seu escritório?

— Venha trabalhar comigo!

Continuei andando do lado de Castor, que parou e falou para mim:

— Não fale nada, só escute o que vou lhe dizer. Não tente fazer nada, as coisas acontecem, e você é a pessoa certa. Tudo vai acontecer do jeito que eu quero! O relógio só funciona quando tem energia para movimentar a sua máquina, ele serve para contar as horas. Já é hora de você saber que a vontade do próximo é a menos correspondida.

Ele estendeu uma das mãos, entregou-me um punhado de chaves e disse:

— Segura. Eu confio em você, Erry.

O escritório de Castor ficava perto e logo chegamos lá. Uma escada que começava na calçada ia até a porta. Castor subiu na frente, eu esperei um pouco e subi também. Pensei que Castor me pediria o punhado de chaves, mas ele não o fez. Fiquei quieto. Ele pegou outra chave, abriu a porta e entramos rápido. Castor ligou um abajur, que iluminou bem toda a sala. Eu fechei a porta, e Castor me pediu o punhado de chaves. Ele o pegou e destrancou uma porta que tinha um pouco mais à frente. Sem abrir muito a porta, Castor entrou na outra sala, fechou e deu início a uma conversa. Parecia que já tinha alguém esperando por ele. Fiquei curioso para saber o que estava acontecendo e chamei:

— Castor!

Ele não ouviu e continuou a conversa:

— Obrigado por ter depositado o dinheiro na minha conta.

A outra pessoa que estava na sala respondeu:

— A dedicação sempre nos presenteia com um pagamento condizente com seu valor. Eu quero que você continue trabalhando para mim, Castor.

— Aqui está o relatório de erros do Antaro. Não se preocupe, o relatório ainda está incompleto, mas as condições que tenho hoje são favoráveis. Tenho mais alguns projetos em prática que levarão a uma conclusão no andamento do Antaro. Tenho certeza de que ficará satisfeito e terá um bom proveito, porque será único e eficaz, será contagiante o seu novo desempenho. Ao defrontar com o conhecimento de todos, será a força motriz do novo mecanismo do Scorpion System. Eles não terão tempo! Será a retribuição de tudo que você pagou. Agora, ficar aqui só vai atrasar os meus planos, tenho que ir!

A porta ficou entreaberta, e eu vi que havia outra luminária na sala em que Castor estava, mas não podia ver quem estava com ele. Foi quando percebi que a reunião dos dois ia acabar. A pessoa que estava na sala com Castor disse:

— Tome, Castor, alguns *dimes* para você.

E, naquele momento, eu me assustei. O vento empurrou a porta de entrada, mas não havia barulho de chuva, e me deixou em alerta. O som de pessoas conversando do lado de fora do escritório de Castor me deixou curioso. Reabri a porta sem fazer barulho, e a surpresa que tive foi do Castor saindo da sala. Olhei para o lado, e ele me chamou:

— Ei, Erry, espere, não vá embora!

Castor saiu da sala e fechou a porta com a chave. Com a mão esquerda, segurava uma pasta, onde guardou a chave. Do bolso esquerdo da camiseta retirou vinte *dimes*, que me entregou com o molho de chaves da porta da rua.

Não havia mais ninguém na calçada nem carros em movimento, mas havia três pessoas paradas na calçada. No momento em que Castor desligava a luminária, aquela garota passou na calçada do outro lado da rua e virou a esquina. Castor chegou perto de mim e eu quis lhe entregar o punhado de chaves, mas ele recusou, dizendo:

— Faça você.

Eu não entendi o que ele quis dizer. Castor continuou:

— Feche a porta você.

Rápido eu coloquei a chave na fechadura da porta e a fechei. Entreguei o punhado de chaves a Castor, que pegou e guardou na pasta. Então descemos os degraus um a um até a calçada. Castor parou e olhou para mim, e eu disse a ele:

— Pelo que eu conheço de você, Castor, você deve ter pedido para eu o acompanhar até aqui porque estava preocupado comigo.

— E, se eu não o conhecesse há tanto tempo, eu não teria convidado você para vir até aqui no meu escritório. Na verdade eu trabalho na Tropical Beats. É uma empresa especializada em desenvolvimento tecnológico. Estou satisfeito em trabalhar aqui em Cosmic Tropic City. Consegui tudo o que me fazia sonhar de olhos abertos. As noites que passei acordado estudando serviram para alguma coisa.

Com a mão esquerda, Castor retirou um cartão da pasta e o entregou a mim, dizendo:

— Tome, Erry, é seu. É o cartão da empresa onde eu trabalho. Fica na avenida Rainha Mondelez. Tenho muitas tarefas e estou precisando de alguém de confiança para trabalhar comigo, um *office boy*. Espero você lá amanhã de manhã, mas não apareça lá com essa roupa, vá de roupa limpa e arrumado! Eu consegui casa, carro e dinheiro para me manter. Agora é a sua vez. Espero você lá amanhã.

Castor me surpreendeu e saiu andando. Fiquei feliz e saí saltitando em sentido oposto.

* * *

Estava dando tudo certo para mim em Cosmic Tropic City, mas aquela conversa no escritório de Castor tinha me intimidado um pouco. Uma movimentação me chamou a atenção e parei para ver o que estava acontecendo. De repente, fui puxado para trás, e uma pessoa segurou meu braço esquerdo, enquanto outra veio e me acertou um golpe na boca do estômago, mas eu reverti a situação, puxei meu braço de volta e desviei da outra pessoa com rapidez. Fugi correndo pela calçada. Que sorte a minha ser atacado bem no dia de folga. Eu não tinha feito nada de errado, mas era um novo morador na cidade e isso para alguns poderia ser um alerta. E agora, depois daquele ataque, eu sabia que deveria continuar e seguir em frente. Quando as pessoas passavam por mim, eu continuava o que estava fazendo, como se nada tivesse acontecido.

Então, novamente aquela garota apareceu do meu lado. Eu olhei para ela e disse:

— Você está diferente.

— É claro, agora tem energia na rua, você não está vendo? Escuta, não sei por que o nosso destino se cruzou mais de uma vez, mas por sorte escapamos do pior. Eu vi o que aconteceu com você. Aqueles três são *time looks*, e eles estão espalhados por toda a cidade. E, como você viu, eles são agressivos e não temem a ninguém. Eles atacam o primeiro que encontrarem! Você estava sozinho e eles aproveitaram a chance.

Eu parei um instante, respirei fundo, olhei para ela e me lembrei de tudo o que estava acontecendo.

— Garota, essa é a minha vida. Não está sendo fácil... Perdi meu pai faz pouco tempo e descobri que ele estava infectado pelo vírus ekanta. Agora, depois de ter partido de Ross e ter conseguido chegar aqui, arranjei um emprego novo. Hoje foi o meu primeiro dia de folga e usei para conhecer um pouco mais cidade. — Então disse à garota: — Meu nome é Erry.

— Tome muito cuidado — respondeu ela. — Há muitos olhos sobre você, e só você poderá dizer a todos de Cosmic Tropic City quem você é, e tudo acontecerá como tem que ser. Só vai depender de você.

— Bem, eu já estou exausto. Amanhã será outro dia e, pelo que estou vendo, essa garoa não vai parar tão cedo.

— E que tal irmos à lanchonete de Smart? Faz alguns dias que a conheci. É bem legal lá, você vai gostar.

— Amanhã eu tenho compromisso, mas, se for cedo, nada impedirá.

— Espero você aqui amanhã de manhã, Erry.

Algumas pessoas passaram por mim, eu continuei andando e ela foi embora. Eu já estava na rua da pensão do Heitor e em pouco tempo estava no portão do jardim. Estiquei a mão para abri-lo, entrei e o fechei. Havia duas portas e uma janela. Por entre a cortina, dava para ver que Heitor gostava de assistir tevê; a luz da sala estava acesa, e, em um movimento brusco, Heitor abriu a porta, dizendo:

— Quem é você?

— Calma, Heitor. Sou eu, o Erry!

— Pensei que era um desses que tem por aí! Agora pouco tinha um deles mexendo no portão. Você não viu?

— Não, Heitor, eu acabei de chegar, e eu só queria saber se você estava bem. Agora eu vou trocar de roupa e descansar. Amanhã é um novo dia.

Entrei e fechei a porta.

* * *

Num piscar de olhos, o dia amanheceu e eu já estava atrasado para o encontro. Levantei, troquei de roupa e abri a porta.

E, mais rápido que eu, Heitor já estava do lado de fora. E, quando ele me viu, disse:

— Você está atrasado! Vai perder a hora no serviço.

— Não, Heitor, eu tenho outra coisa para fazer agora.

— E o que você vai fazer com o seu emprego?

— Ainda não perdi a hora.

— Sim, Erry.

— Tenho que ir, já está na hora!

E saí pelo pequeno portão para me encontrar com a garota.

Não demorou muito e eu já estava no lugar combinado, e saímos juntos para a lanchonete de Smart. Ao chegar, fiquei muito feliz ao saber que era o mesmo Smart da cidade de Ross.

— É você, Erry? — disse Smart. — Você veio atrás de mim. Entrem. Eu sirvo a vocês dois o que desejarem.

— Um copo de leite matinal para mim e um para ela.

Eu e a garota tomamos o nosso copo de leite matinal e, sem dizer nada, paguei pelos dois e me despedi:

— Eu tenho que ir, tenho hora marcada, lembra? Tchau.

Eu era novo em Cosmic Tropic City e já conhecia uma parte da cidade. Saí caminhando até a avenida Rainha Mondelez e procurei o número da Tropical Beats. Encontrei o número, fui até a portaria e entreguei à recepcionista o convite que Castor havia me dado.

— Meu nome é Erry e estou aqui porque recebi este convite.

A recepcionista anunciou pelo interfone a minha presença na Tropical Beats, e logo Swarup estava na recepção para atender ao chamado!

— Eu sou Swarup. Quem é você?

— Eu sou Erry.

— Por que você está aqui, Erry?

— Castor me convidou. O convite que ele me deu está com a recepcionista.

— Castor já confirmou a sua presença. Ele liberou a sua passagem. Vamos, Castor o espera! É no primeiro andar, então vamos pela escada.

E, degrau por degrau, subimos até o andar de cima, em um grande escritório. Uma garota se aproximou e se apresentou:

— Eu sou a Joice. Bom dia, Swarup.

— Erry, você está liberado para conhecer o escritório da Tropical Beats.

— Quem é ele? — perguntou Joice.

— Ele é o Erry, Joice. Parece que ele vai trabalhar aqui na Tropical Beats.

— Eu gostei dele, Swarup.

— Deve ter sido por isso que Castor o convidou para trabalhar aqui.

— Me acompanhe, Erry. Vou levar você até Castor. Vamos até o final deste corredor, até aquela porta. Lá fica o escritório de Castor. — Quando chegamos, Joice disse: — Pronto, espere um pouco aqui, Erry. Vou perguntar para Castor se podemos entrar.

Joice bateu na porta e entrou, deixando-me à espera no corredor.

— Bom dia, Castor — disse ela.

— É o Erry?

— Sim, ele está lá fora esperando.

— Traga-o aqui.

Joice saiu pela porta e me chamou.

— Castor quer vê-lo, Erry. Vamos!

Então entramos no escritório de Castor.

— Ei, Erry, é você — disse ele.

— Você o conhece, Castor? — perguntou Joice.

— Sim, Joice, morávamos na cidade de Ross.

— Eu não sabia que você tinha morado lá.

— Ele é o nosso *office boy* agora, Joice.

— A minha parte está feita, Erry. Agora eu tenho que ir.

Joice saiu do escritório sem fechar a porta. Eu permaneci de pé na frente de Castor, que estava sentado.

— Feche a porta, Erry!

— Não, Castor. Melhor deixar aberta, logo eu vou ter que sair!

— Você precisa sair?

— Eu tenho que ir ao meu antigo emprego para avisar que arranjei outro.

— Não, Erry, você não vai sair agora. Você tem que me ajudar a tomar providências sobre os meus documentos. Você terá que passar para mim tudo o que for passado a você, mesmo que tenha que anotar em uma folha. E você também terá a sua sala para guardar todos os documentos. Você será o encarregado de cuidar de tudo isso para mim. Foi isso que eu consegui para você, Erry. Espero que você seja capaz! Agora eu quero que você procure a Joice e fale para ela mandar alguém no seu lugar até seu antigo serviço. Agora, Erry, a Tropical Beats está nas suas mãos! Vá e procure a Joice.

Então saí do escritório de Castor e andei pelo corredor da Tropical Beats. Ao encontrar Joice, disse:

— Joice, eu recebi ordens de Castor para que entrem em contato com uma pessoa para mim.

— O que você quer que eu faça, Erry?

— Eu preciso que mande alguém no meu antigo serviço para avisar que eu estou de serviço novo! Entendeu?

— Então eu tenho que mandar alguém lá? É longe?

— Pelo o que eu conheço de Cosmic Tropic City, é perto. É na livraria que tem na rua Virtude.

— Agora eu me lembro de onde eu o conheço... É da livraria! Pode deixar comigo, Erry.

Joice saiu e eu fiquei parado no meio do escritório da Tropical Beats. Ela encontrou um rapaz para fazer o serviço para ela. Ele saiu e Joice voltou para me avisar que já tinha mandado alguém levar o recado.

Depois de ter recebido a ordem de Joice, o rapaz saiu em direção à livraria da rua Virtude. Ele terminou de descer a escada até a recepção, passou pela portaria e saiu pelo portão. Chegando até a livraria, parou em frente e entrou. Lá dentro havia um senhor.

O rapaz foi até ele e disse:

— Olá! Eu vim trazer um aviso para o dono da livraria.

— Ele saiu, mas pode me dizer que eu repasso para ele depois.

— Certo. Erry mandou avisar que está de emprego novo.

— É claro, o Erry! Vou avisar o Martim.

O rapaz agradeceu a atenção e saiu. Voltou para a Tropical Beats, procurou Joice e avisou que o serviço estava feito. Joice o dispensou e foi até a sala de Castor, onde eu estava.

— Mais alguma coisa, Erry? — perguntou ela.

— Você passou o recado para mim?

— Eu mandei avisar. Se precisar de mais alguma coisa, é só falar comigo.

Joice saiu e eu fiquei recebendo as instruções de Castor, mas logo fomos surpreendidos por Biológice.

— Eu estava falando com Erry, mas agora não sei o que dizer a você, Biológice!

Biológice caminhou até a mesa de Castor e colocou uma caneta sobre ela. Castor olhou para mim e disse:

— Erry, esse é Biológice, o dono da Tropical Beats. Você o conhece?

— Sim.

— Biológice, esse é Erry, nosso novo *office boy*.

Acenei para Biológice e disse:

— Espero que eu esteja aqui para servir você, com os seus caprichos.

— Sim — respondeu Biológice. — Castor, você pode contratar um funcionário novo na Tropical Beats.

— Eu agradeço.

Biológice, sem perder tempo, saiu do escritório de Castor.

Eu estava com um sorriso de orelha a orelha. Essas simples palavras carregavam o que aprendi com meu pai, Sailor: para ter uma boa recompensa, uma boa ação é sempre válida.

Agora estava participando da equipe da Tropical Beats e tinha um escritório para passar o dia trabalhando. Era grande demais perto de tudo que estava acontecendo comigo. E, andando para lá e para cá, sem acreditar no que estava acontecendo, fui surpreendido por Swarup.

— Entre, Swarup!

Swarup, com uma caneta na mão direita, me disse:

— Em questão de dias você saberá o que está acontecendo aqui! Temos regras e temos que cumpri-las. A fome não se sacia apenas com o trabalho. E não será só Castor que lhe dará ordens. Aqui trabalhamos em equipe. Um por todos, e todos por um. É preciso ser benevolente e astuto, e ter em mente que a coesão de nossos produtos se difunde em toda Cosmic Tropic City. Você não sabia que quase todos de Cosmic Tropic City foram afetados por um dos inventos de Castor?

— Eu sei pouco do que se passou. Eu não assisto tevê nem escuto rádio.

Swarup mexeu com a caneta que tinha na mão direita e disse:

— Você é mais um integrante de tudo isso que a Tropical Beats tem para oferecer. E os usuários dos produtos da Tropical Beats só se conformam com o melhor!

— Eu conheço Castor da cidade de Ross. Passamos uma parte de nossa infância juntos, e depois que ele foi embora de Ross não o vi por muito tempo. Foi aqui em Cosmic Tropic City que nos encontramos outra vez.

Fui rápido para fugir de Swarup. Suas palavras queriam me atingir, me menosprezar.

— Hoje é o meu primeiro dia de trabalho e já tenho o que fazer. Se você não se importa, preciso continuar trabalhando.

* * *

Eu agora era refém da esperança, e minha virtude estava nas mãos de Castor e Swarup.

E ali, pelo braço forte que nunca diz não para o trabalho, eu estava à disposição. Mas é claro que tudo isso terminaria em um belo copo de leite matinal, e eu nem me importaria com o lanche, que devorei em uma única bocada.

Mas Swarup estava inquieto, e aquele fim de tarde não seria o mesmo na Tropical Beats. Swarup tinha planos e iria colocá-los em prática. Ele estava inquieto comigo, e isso fez com que todos que estavam no escritório ficassem em silêncio com a tensão.

Swarup entrou no meu escritório e disse:

— Por que você não se livra dessa bagunça? Você é igual a todos. Ninguém melhor do que você para saber o que é melhor para você. Você está entendendo o que eu estou falando?

Swarup se aproximou de mim e repetiu:

— Você está entendendo o que eu estou falando?

Não falei nada, assustado.

Swarup olhou para baixo e soltou um palavrão.

— Você está entendendo o que eu falando? Está prestando atenção em outra coisa?

Continuei calado, sem entender porque ele estava tão nervoso.

— Tudo isso foi construído com muita dedicação, e Biológice não gostaria de saber que tudo isso, em suas mãos, se perdeu.

— Mas eu me esforcei para estar aqui.

— "Me esforcei" não. Por enquanto, quem passa as ordens para você sou eu, e se você não gostou do escritório, é só falar. Tem muita gente querendo seu lugar, Erry!

Não falei nada e Swarup continuou:

— Preste muita atenção no que eu vou falar! Através de você todos saberão o que se passa dentro dessa empresa, e seu tempo será curto na minha presença. Sou eu quem passa os comandos para você. Ou você se dê por satisfeito, ou você está na rua. Entendeu? Temos um padrão, e essa será a regra. Entendeu?

Não disse nada.

Swarup continuou:

— Esses são os valores determinados para você: sua opinião sustenta a minha e a de Castor. E não poderá se voltar para outro!

Soltei a respiração e falei para Swarup:

— Swarup, se você queria me chamar a atenção, conseguiu.

Joice interrompeu Swarup e pediu desculpas.

— Eu estava aqui ouvindo o que você estava falando a Erry, Swarup. E ele tem que saber que eu também faço parte dessa empresa!

— O que você acha disso, Erry?

Soltei a respiração pela boca novamente e disse:

— Quando eu cheguei, ela já estava aqui. E eu não posso dizer não a ela.

— Isso é uma nova ordem, Erry! Além de vocês dois, eu existo. Agora seremos nós dois juntos.

Eu bufei e respondi:

— Swarup, o que eu faço? Ela conseguiu deixar tudo isso igual a quando cheguei! E isso é bom.

— Ela chamou a sua atenção. Não deixe para amanhã o que você pode dizer a ela agora, Erry. Ou você não prestou a atenção no que eu falei para você? A minha opinião é igual à dela. Você tem que ser mais forte e não deixar que ela fale assim de você!

— E tem que aprender a trabalhar em equipe — disse Joice.

— Ela gostou de você, Erry!

Eu não respondi nada.

Então Castor apareceu.

— Olha quem está aqui, Erry, é Castor! — disse Joice. — Ele que conseguiu o emprego para você. Castor é um gênio. Ele estuda e sempre tem uma novidade! Ele garantiu nosso dia de trabalho. E não se incomoda que eu desperte o dia dele. Não é, Castor?

— Eu deixei de fazer o que precisava para vir aqui saber o que vocês três estavam fazendo. E agora tenho a impressão de estar sendo perseguido! Não é mesmo, Joice? Eu não posso deixar a Tropical Beats nas suas mãos, Swarup.

Porque você e esse seu jeito de querer mandar me incomodam!

— Eu também estou com a impressão de estar sendo perseguido! Eu estava aqui querendo saber o que eu faço com o Erry — disse Swarup, soltando a respiração pelo nariz.

— Leve ele para casa, Swarup — sugeriu Joice.

— Levar este indivíduo para casa? Essa de longe foi a melhor ideia que eu já ouvi aqui na Tropical Beats. Se ele quiser, será um prazer levá-lo para casa de carro.

Soltei a respiração pela boca e falei:

— Não precisa se incomodar, Swarup!

— Eu vou embora sozinha — disse Joice.

— Então você está querendo ir embora, Erry — disse Swarup. — Então vamos que eu vou lhe dar serviço!

Swarup me puxou pelo braço e saímos pela porta do meu escritório.

— Swarup, para onde vamos?

— Vamos até a garagem, tenho que pegar alguns documentos no meu carro.

E descemos pela escada até o estacionamento. Então dois *time looks* me atacaram e me colocaram dentro do carro de Swarup! Swarup entrou no seu *outsider* e saiu comigo amarrado no banco de trás. Castor desceu pela escada até o estacionamento, entrou no seu *outsider* e saiu pela principal avenida. Ele estava com pressa. O computador do *outsider* ligou e era Joice!

— Olá, Joice. O que deseja?

— Onde você está, Castor?

— Estou no meu *outsider.*

— Você saiu no seu horário de serviço, Castor. O que eu faço?

— Não saí, não, eu ainda estou no meu horário!

E desligou.

A perseguição atrás de Swarup continuou.

Swarup pelo computador do *outsider* falou com Castor:

— Estamos quase chegando, Castor! Onde você está?

— Estou atrás de você, Swarup!

— Continue assim.

Então a garota que conheci na calçada apareceu em sua moto e começou a perseguir Swarup.

— Encosta, Swarup! — gritou ela.

Quando percebeu que quem lhe perseguia era Eny, Swarup tentou derrubá-la, mas ela desviou e seguiu em seu encalço. Reduzindo a velocidade, Swarup entrou em uma rua sem saída. Parou com o seu *outsider* e Eny, na frente, parou com sua moto. Ela tirou o capacete e o colocou sobre a moto. Então Eny correu atrás de Swarup, que tentava fugir comigo! Foi quando Castor chegou e parou com o seu *outsider*. Castor saiu dele sem fechar a porta, enquanto Swarup continuava agarrado ao meu pescoço.

— Castor, você fede!

— O que você diz não é verdade.

— Mas no final quem vai ter razão sou eu — disse Eny. — Swarup, eu não posso deixar você levar mais uma pessoa de Cosmic Tropic City!

— Como você sabia que eu estava com ele?

— Não esqueça que eu fugi do laboratório de Dr. Ross! Não foi difícil descobrir quem provocou tudo isso em Cosmic Tropic City. Foi Castor. E, quando você saiu da Tropical Beats, eu vi. Então largue-o! Ou eu mesma vou até aí! Eu não tenho motivos para fazer algo contra você, Swarup! Então solte-o!

— Estava bom até você chegar. E agora, o que você quer? Que eu o solte?

Castor interrompeu a conversa dos dois e falou:

— Parem de brigar! Vamos tentar resolver isso com calma!

— Venha até aqui para você ver o que eu faço com você! — disse Swarup.

— Eu não. Você é muito violento.

— Então olha o que eu faço com ele!

Swarup me empurrou para o canto e correu para o seu *outsider*. Ele saiu rápido, e Castor foi atrás com o seu *outsider*. Eny correu para perto de mim e me ajudou a levantar.

— Quem é você? — perguntei.

— Sou eu quem vai ajudá-lo agora! E o meu nome é Eny! O que aconteceu?

— Não sei. Eu fui atacado quando estava trabalhando, e Swarup me trouxe até aqui! Eu estava com ele na Tropical Beats. Foi meu primeiro dia lá. Por que eles fizeram isso comigo? E por que você veio me ajudar?

— Eu percebi quando Swarup saiu da Tropical Beats e também vi você no banco de trás do *outsider*. E agora, você está bem?

— E se eles voltarem?

— Eu posso lhe garantir que nem para a Tropical Beats eles voltarão! O que você vai fazer agora?

— Vou embora.

O barulho de carros da polícia chamou a atenção de Eny.

— Conte a eles o que houve aqui!

Eny montou em sua moto e saiu antes que eles aparecessem.

Os carros da polícia chegaram, e os policiais queriam saber o que estava acontecendo.

— Eu fui atacado, mas eles fugiram.

Os três policiais me colocaram dentro da viatura e me levaram para o departamento de polícia. Lá fui interrogado. Quiseram saber o que estava acontecendo, e eu lhes expliquei que estava trabalhando na Tropical Beats e fora atacado e colocado dentro do carro. Swarup me carregou até o local onde fui encontrado. Os policiais queriam saber quem era Swarup.

— Ele trabalha na Tropical Beats também!

Os agentes disseram:

— Muito interessante. Então Swarup trabalha com você na Tropical Beats? E como você conseguiu fugir dele?

— Uma garota chamada Eny me ajudou. Quando vocês chegaram, ela foi embora.

Outro agente me perguntou:

— Então foi Swarup que fez isso com você?

— Sim — respondi.

— É tudo o que precisávamos saber!

Um dos agentes me perguntou:

— Você acha que tem condições de voltar para casa?

— Sim.

Outro agente me colocou dentro da viatura e me levou até a pensão do Heitor. Chegando lá, o agente parou a viatura e disse:

— Se cuida. Você não fez nada, mas eles podem voltar atrás de você!

Então desci da viatura e saí em direção ao pequeno portão, entre as cercas do quintal. Ao notar que a porta da casa do Heitor estava entreaberta, voltei correndo até a viatura, que ainda estava parada.

— Espere um pouco, parece que a porta da casa está aberta!

Corri até a porta do Heitor, que então apareceu.

— Erry, dois homens invadiram seu quarto! — disse ele. — Estavam atrás de você! Eu consegui me esconder, e eles fugiram.

— Você está bem, Heitor?

— Erry, volte até o carro da polícia e conte da invasão, mas que já foram embora.

Corri até a viatura e fiz o que Heitor me pedira. O agente falou que eu deveria procurar o departamento de polícia se eles voltassem. E saíram.

— Vamos, Erry, entre e descanse um pouco — disse Heitor.

Seiti Sugawara — Photolab Estúdio Atibaia

**RODRIGO MOREIRA ALVES** nasceu em 2 de novembro de 1983, em São Paulo. Aos 24 anos, mudou-se para Atibaia, para morar com uma tia, com quem teve o primeiro contato com o Evangelismo. Foi por meio da religião que conheceu a espiritualidade e alcançou a verdadeira libertação. Após anos de trabalho e dedicação, elaborou o universo de Cosmic Tropic City e seus personagens. *The Eny em Cosmic Tropic City* é seu primeiro livro publicado, abrindo as portas para uma enorme coleção de romances e quadrinhos.

Esta obra foi composta em Andada 13 pt e
impressa em papel Pólen 80 g/m² pela gráfica Paym.

THE ENY em COSMIC TROPIC CITY